土撥鼠的春天

國家圖書館出版品預行編目資料

土撥鼠的春天／喻麗清文；吳佩蓁圖.－－初版一刷.
－－臺北市；三民，民91
面；　公分－－(兒童文學叢書.童話小天地)

ISBN 957-14-3582-1　(精裝)

859.6　　91000640

著作人　喻麗清
繪圖者　吳佩蓁
發行人　劉振強
著作財產權人　三民書局股份有限公司
臺北市復興北路三八六號
發行所　三民書局股份有限公司
地址／臺北市復興北路三八六號
電話／二五〇〇六六〇〇
郵撥／〇〇〇九九九八──五號
印刷所　三民書局股份有限公司
門市部　復北店／臺北市復興北路三八六號
重南店／臺北市重慶南路一段六十一號
初版一刷　中華民國九十一年二月
編　號　S 85602
定　價　新臺幣肆佰元整
行政院新聞局登記證局版臺業字第〇二〇〇號

ISBN　957-14-3582-1　(精裝)

網路書店位址：http://www.sanmin.com.tw

滿天星斗（主編的話）

不知道你有沒有聽過這個故事？

從前從前夜晚的天空，是完全沒有星星的，只有月亮孤獨地用盡力氣在發光，可是因為月亮太孤獨、太寂寞了，所以發出來的光也就非常微弱暗淡。那時有一個人，擁有所有的星星。她不是高高在上的國王，也不是富甲天下的大富翁，她是一個名叫小絲的女孩。小絲的媽媽總是在小絲入睡前，念故事給她聽，然後，關掉房間的燈，於是小絲房間的天花板，就出現了滿是閃閃發亮的星星。小絲每晚都在星光中走入甜美的夢鄉。

有一天，小絲在學校裡聽到同學們的談話。

「我晚上都睡不著覺，因為我房間好暗，我怕黑。」一個小男孩說。

「我也是，我房間黑得像密不透氣的櫃子，為什麼月亮姐姐不給我們多一些光亮？」另一個小女孩說。

那天晚上，小絲上床後，當媽媽又把電燈關熄，房中的天花板上又滿是星光閃爍時，小絲睡不著了，她想到好多好多小朋友躺在床上，因為怕黑而睡不著覺，她心裡好難過。她從床上爬起來，走到窗前，打開窗子，對著月亮說：「月亮姐姐啊，您為什麼不多給我們一些光亮呢？」

「我已經花好大的力氣，想要把整個天空照亮，可是我只有一個人啊！整個晚上要在這兒，我覺得很寂寞，也很害怕。」月亮回答。

「啊！真對不起。」小絲很抱歉，錯怪了月亮。可是她心裡也好驚訝，像月亮姐姐那麼美，那麼大，又高高在上，也會怕黑、怕寂寞！

小絲想了一會兒，對著月亮說：「月亮姐姐，您要不要我的星星陪伴您呢？星星會不會使天空明亮一些？」

「當然會啊！而且也會使我快樂一些，我太寂寞了。」月亮高興的回答。

小絲走回房間，抬頭對著天花板上，天天陪著她走入甜美夢鄉的星星們說：「你們應該去幫忙月亮，我雖然會很想念你們，但是每天晚上，當我看著窗外，也會看到你們在天空閃閃發亮。」小絲對著星星們，含淚依依不捨的說著：「去吧！去幫月亮把天空照亮，讓更多小朋友都看到你們。」

從此，天空有了星光。月亮也因為有了滿天的星斗相伴，而不再寂寞害怕。

每當我重複述說著這個故事時，不論是大人或小孩心中都會洋溢著溫馨，也都同樣地盪漾著會心的微笑。

童話的迷人，正是在那可以幻想也可以真實的無限空間，從閱讀中也為心靈加上了翅膀，可以海闊天空遨遊。這也是我始終對童話故事不能忘情，還找有志一同的文友們為小朋友編寫童話之因。

這一套童話的作者不僅對兒童文學學有專精，更關心下一代的教育，出版與寫作的共同理想都是為了孩子，希望能讓孩子們在愉快中學習，在自由自在中發展出內在的潛力。

想知道小黑兔到底變白了沒有？小虎鯨月牙兒可曾聽見大海的呼喚？森林小屋裡是不是真的住著大野狼阿公？在「灰姑娘」鞋店裡買得到玻璃鞋嗎？無賴小白鼠又怎麼會變成王子？細胞裡的歷險有多刺激？土撥鼠阿土找到他的春天了嗎？還有流浪貓愛咪和小女孩愛米麗之間發生了什麼事？……啊！太多精采有趣的情節了，在這八本書中，我一讀再讀，好像也與作者一起進入了他們所創造的故事世界，快樂無比。

感謝三民書局以及與我有共同理想的作家朋友們，他們把心中的美好創意呈現給大家。而最重要的是，如果沒有可愛的讀者，一再的用閱讀支持，《兒童文學叢書》不可能一套套的出版。

美國第一夫人羅拉·布希女士，在她上任的第一天，就專程拜訪小學老師，感謝他們對孩子的奉獻。曾經當過小學老師與圖書館員的她，很感謝小學老師的啟蒙，和父母的鼓勵。她提醒社會大眾，讀書是一生的受惠。她用自己從小喜愛閱讀的經驗，來肯定童年閱讀的重要收穫。

我因此想起了一個從小培養兒童文學的社會，有如那閃爍著星光，群星照耀的黑夜，不僅呈現出月亮的光華，也照耀著人生的長河。讓我們一起祈望，不論何時何地，當我們仰望夜空，永遠有滿天星斗，而不是只有孤獨的月光。

祝福大家隨著童話的翅膀，海闊天空任遨遊。

表面上看起來，我們已經到了一個人造人的時代了。電腦文明與生物科技的成就真的很了不起，可是對於「害怕」的心理學研究相對起來就好像並沒有進步多少。

比如說：我從小對大體積的動物不怕，愈小的反而愈怕。螞蟻爬滿的一塊糖，會使我全身發麻不知所措。要是你給我一把獵槍叫我去山上打那些獅子、老虎、豹什麼的，我會立刻穿上靴子跟人走。我從小就愛蝴蝶，也愛看吃著桑葉的蠶寶寶，可是一直到現在，我見了毛毛蟲還會發抖。有一回，讀到林良先生寫的一首童詩，說：毛毛蟲像把小牙刷……害我每次刷牙都手軟。你說奇怪不奇怪？

當簡宛約我寫童話的時候，我其實最想寫的是蝴蝶的故事。不過，後來我想還是照心理醫生「以毒攻毒」的辦法，寫寫我自己最怕的動物，這樣可以一舉兩得，幫小朋友愛牠也幫自己不怕。因此我選了土撥鼠做我書中的主角。

土撥鼠在北美草原上是很普通的一種鼠輩，小名叫 Groundhog，翻譯過來就變成：地下的豬。比起一般的小鼠，牠有點像兔子，比起兔子來，牠倒真的憨氣得十足像豬。其實牠一點都不笨，只是住在地底下，眼睛有點退化，但在黑暗的地洞裡，牠可靈活得像松鼠一樣呢。

每年春天，美國有一個土撥鼠日（Groundhog Day），每到這一天就有人把一隻冬眠的土撥鼠從洞裡拉出來放到雪地上，然後觀察牠在雪地上的影子，用那影子的長短推算冬天還要持續多久。好像土撥鼠的影子會在雪上寫詩：冬天快要完了，春天還會遠嗎？

雖然是迷信，那麼迷信的根源在哪兒？據說這個習俗是由愛爾蘭移民帶到美國來的。可惜愛爾蘭鄉下的土撥鼠不寫歷史，我只好替牠們的祖先胡亂編個故事出來了。

寫完這個童話，我真的不再怕小老鼠了。除了迪士尼的米老鼠，我的鼠友多了一位：多好多乖的阿土啊。

喻麗清

兒童文學叢書

・童話小天地・

土撥鼠的春天

喻麗清・文

吳佩蓁・圖

三民書局

二月是個矮子。
要是一年裡的十二個月份排起隊來，
一眼就可以認出那矮了一截的二月。
它把一天給了一月，又把一天給了三月。
因為它的大方，春天才提早來臨。

可是，
它生下來的
時候，並不知道
這些，跟那隻叫
阿土的土撥鼠一樣。
阿土並不知道自己的
生日是哪一天，他只
記得逃出實驗室時，
外面還飄著細雪，
他冷得直打哆嗦。

幸好遇到一隻松鼠，他立刻趕上前去問路。松鼠正在雪堆下的枯葉當中尋找去年秋天埋下的松子。阿土天生有一雙像挖土機般的巧手，一會兒就幫松鼠挖出了許多的果子來——除了松子，還有一粒橡果、一顆核桃。

為了報答阿土，松鼠指引他進了一家土撥鼠的地洞。那時候大家都在冬眠，阿土擠了進去，誰也沒注意。

春天來了，土撥鼠媽媽
數來數去怎麼多出一個，
她看著陌生的阿土問：
「你是誰家的孩子？
迷路了嗎？」

阿土淚眼汪汪的指著
遠處高樓林立的城市說：
「我是從那兒逃出來的。」

土撥鼠媽媽知道
城裡有個醫學研究所，
據說就是鼠輩們的
「集中營」，所以非常
同情阿土，就收養了他。

後來，阿土才知道
他獲得新生的那個時候
正是二月。

阿土剛剛由冬眠中醒來，迷迷糊糊感覺到地面上有些細碎的冰裂聲，像人的腳步，不，不止一個人，是許多人的腳踩在雪地裡的聲音。

「人，真是奇怪的動物？」阿土想：「他們都不需要冬眠嗎？」

他揉了揉眼睛，換了個姿勢，準備再睡下去。反正比春天早醒過來，也無處可去，何況，他總覺得，只要自己不醒，時間就不會開始的。

「時間又不像人，好歹也得有個休息的時候吧？」他想。

夢裡，阿土似乎還看到媽媽欣慰的對他說：「阿土，你是一隻會思想的土撥鼠。」

阿土很快樂。

忽然，一陣寒風襲來，一隻戴著黑皮手套的大手，從洞口伸進來，一把揪住他睡了一個冬天已經有點鬆脫了的皮毛，痛得他想咬人。

被抓出地洞的阿土，首先看到的是一個穿著黑禮服、戴著高禮帽的人，他雙手舉起阿土，只聽見一片拍手叫好熱烈的歡呼聲四面八方響起，阿土才朦朧看出草原上擠滿了人。
接著，此起彼落的鎂光燈，一閃一閃的差一點害他變成瞎子。

好不容易等那戴高帽子的紳士將他放到地上，阿土沒命似的飛快奔回洞裡。他驚魂未甫，也不知是冷還是嚇的，全身發抖，緊盯著洞口，要是那怪手再伸進來，一定得拼命咬它個你死我活。

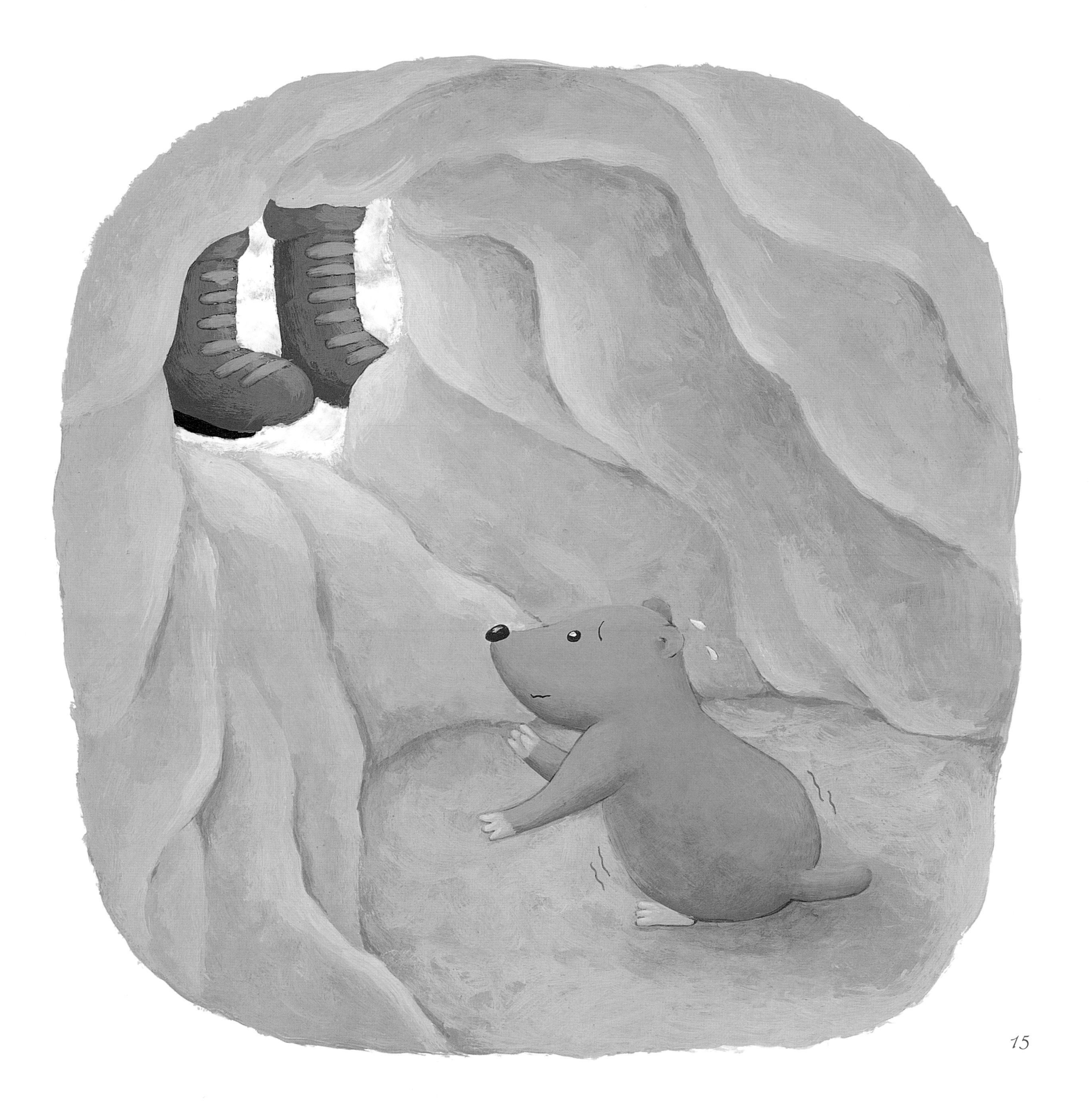

等了一會兒，聽見那個戴著黑皮手套的人非常嚴肅的大聲宣布：「冬天還有六個星期才結束。」於是嘆氣聲紛紛響起。然後，一隻黑手套在洞口撒上乾草，鋪上厚雪。漸漸的一切又歸於平靜。阿土好像做了一場夢。

他嗅了嗅洞口新鮮乾草的味道，頭腦雖然還不十分清醒，萎縮的胃卻受不了刺激興奮起來，他再也睡不下去，索性吃起乾草，一邊嚼，他一邊想：「人，怎麼這麼聰明？冬天還有六星期？」一邊嚼，他又一邊想：「這又跟我有什麼關係？好端端的幹嘛把我吵醒？」他百思不解，決定去向元老請教。

元老住在面朝太陽的那個方向，他記得。

有一年，媽媽找到一大塊樹根叫他去請教元老可不可以吃。媽媽要他走地道過去，他不聽，出了地洞，花花世界裡他邊看邊嗅，什麼都覺得新鮮有趣，差點兒沒被天上的一隻老鷹給叼走。

這一回，他想還是走地道吧。

沒有太陽作方向，怎麼走呢？只好碰運氣了。於是，他把剩下的冬糧：幾粒玉米、幾顆花生，還有三隻因為螞蟻們搬不動才留在他家門口的小蟲——他一直捨不得吃的，用燕子送他的一個口水和羽毛做的小口袋掛在脖子上，就出發了。

他家一共有四個門：

一個門口在樹林，

一個門口在草原，

一個在牡丹園，

一個在山洞。

自從草原被人類改建成高爾夫球場，
大量的化學藥水常由那門口沖進來，
鬧得他們一家抱頭而逃，只有阿土陪著媽媽
把那個出口封了，留守老家。雖說從此
逃生的機會少了四分之一，但是媽媽對他說：
「阿土，你是一隻有情有義的土撥鼠。」

阿土很快樂。

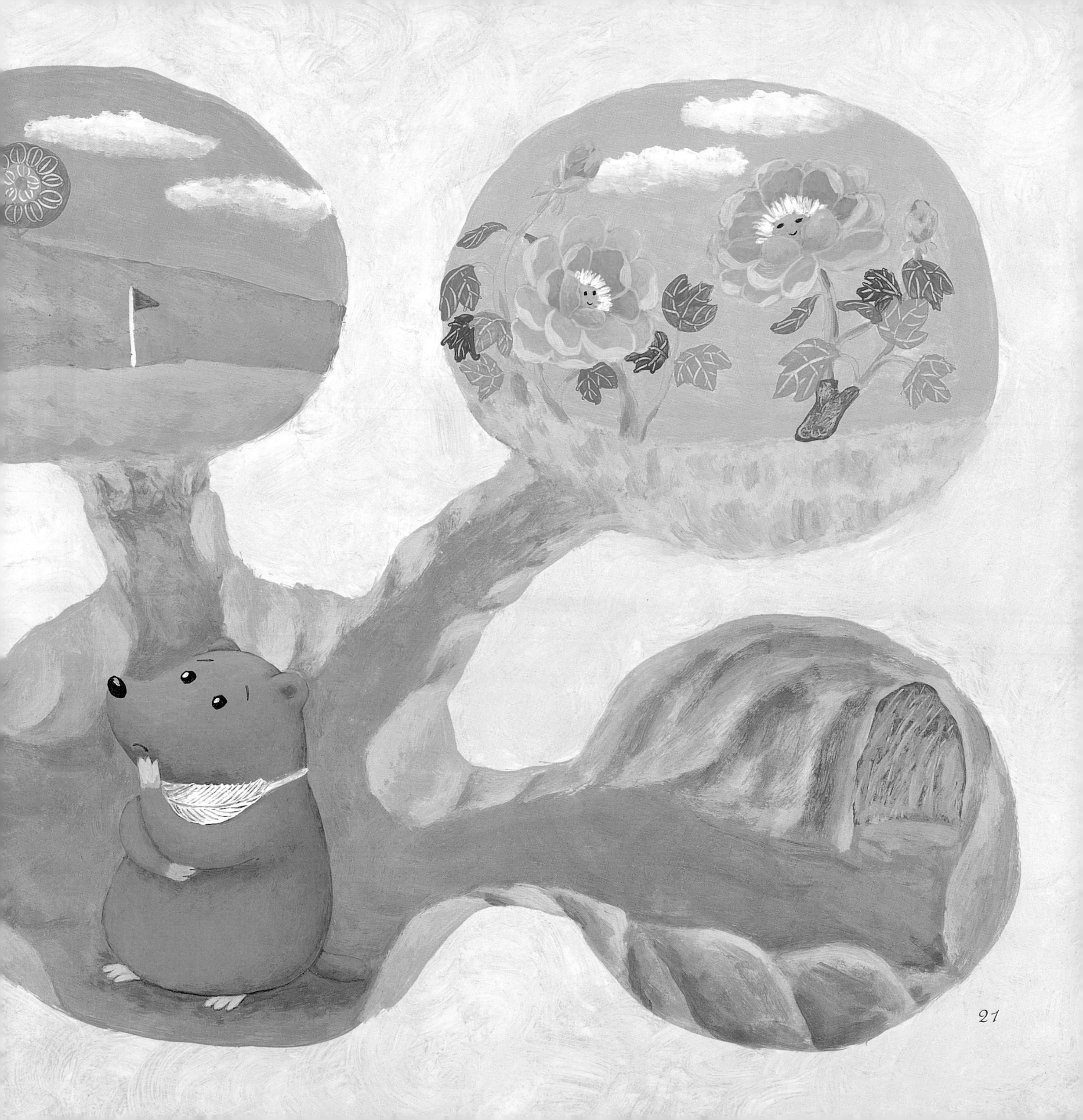

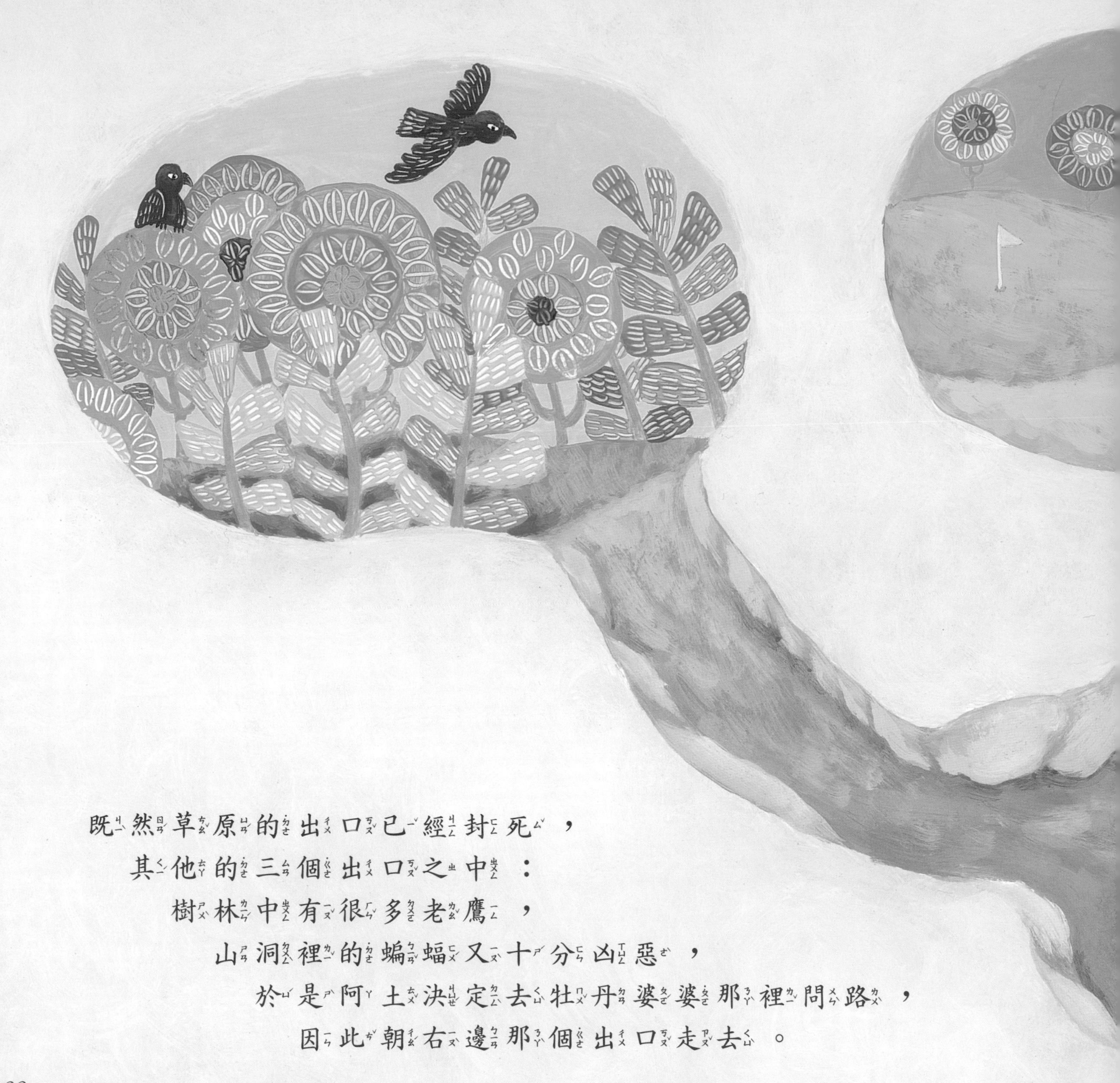

既然草原的出口已經封死，

其他的三個出口之中：

樹林中有很多老鷹，

山洞裡的蝙蝠又十分凶惡，

於是阿土決定去牡丹婆婆那裡問路，

因此朝右邊那個出口走去。

在長長的地道裡，阿土向著前頭一個光點前進，不一會兒那個亮點慢慢變成了一條光線，然後就到了出口。他先用力抖了抖身子，把霉縮了一個冬天的皮毛抖開，然後找到他所熟悉的那根花幹，就在花莖上像敲門一樣的敲起來：「牡丹婆婆，牡丹婆婆，妳醒醒，春天還有六個星期就要到了。」

牡丹婆婆很老了，差不多跟阿土的曾祖母一樣老。每年冬眠初醒的第一頓早飯，阿土都是在牡丹園裡吃的。牡丹婆婆會偷偷告訴他：哪裡飛來了蒲公英，哪家兄弟被地瓜欺負得厲害。這樣他就不會因為吃錯了嫩芽而上吐下瀉了。

牡丹婆婆慢慢睜開了眼，一看是阿土，伸了伸懶腰，說：「阿土，又是你醒得最早。你怎麼知道春天還有幾個星期就會來呢？」

於是，阿土就把那場惡夢般的經過講給牡丹婆婆聽，還說：「真是莫名其妙，他們還幫我照相呢。」

牡丹婆婆想笑，但是經過了漫長的冬天，牡丹的根被蔓生的雜草糾纏得很難受，覺得腳跟那兒痛得不得了，就對阿土說：「快替我把腳邊那根可恨的野草除掉吧，不然春天一到他會吃掉我所有的養分。」

阿土立刻過去一陣亂啃，把牡丹婆婆腳邊的幾株細長的草根咬斷。

牡丹婆婆這才鬆了口氣，臉色也逐漸青翠起來。

阿土看著醒過來的牡丹婆婆，忍不住說：「做牡丹多好啊，又討人喜歡又好像永遠不會老。」

牡丹婆婆說：「可是我們多沒有自由啊，不像你可以到處去旅行。」

阿土想了想：「您說的很對。我正要去拜訪我們的元老。您知道太陽在哪個方向嗎？」

牡丹婆婆說：「太陽早上在東方，晚上在西方，很忙的，你找他要做什麼？」

阿土說：「我不是要找太陽，我要找元老，可是元老住在太陽那個方向呀！」

牡丹婆婆一聽，笑彎了腰：「沒有人這樣記地址的。要是能記得影子，一顆樹的影子啦、一塊石頭的影子啦，你就知道太陽的方向了。」

阿土很不好意思的說：「沒關係嘛！要是沒找到元老，在路上遇到女朋友，就用不著回家了。」

牡丹婆婆說：「那就對了。從前有一隻蜜蜂對我說過：生活就是朝一個方向走，到不到得了目的地並不是最重要的，重要的是在路上走的時候有沒有學會欣賞風景。我祝福你找到元老，也找到女朋友。」

阿土於是高高興興告別了牡丹婆婆，朝著東方走去。

東方有個玉米田
玉米田裡不愁吃
吃完了夏天就搬家
搬進糧倉好成家

阿土一面走一面唱起小時候媽媽教他的一首歌，愈唱愈快樂。

　　忽然他好像聞到別的動物身上發出來的氣味，前頭高高的橡樹上有個洞口，那兒的門正輕輕的打開，半個小頭探了出來。阿土一看是松鼠，馬上想起他由城裡逃出來時認得的第一位朋友，就仰頭高聲的說：「你好嗎？我是阿土啊。」

上面的松鼠嚇得急忙把門關上。阿土明白這樣高聲說話是不智的，因為會惹來狐狸或野狼的注意，只好從脖子上的口袋裡取出一粒乾果放在樹下，然後繼續趕路。

走著走著樹叢突然就不見了，阿土覺得很不安全，又趕緊找了個地洞鑽進去。還沒等他看清楚黑暗呢，就聽見洞底有一個帶瞌睡的聲音傳過來說：「誰啊？」

阿土大著膽子問：「請問元老在家嗎？」

遠處起了一陣騷動，然後先前那個聲音說：「小花，妳去看看是誰來了？難道冬天已經過去了嗎？我們都睡糊塗了？」

阿土一邊向洞底走去，一邊道著歉：「不，不，冬天還沒過完，是我被戴高帽子的人先吵醒的。」

不一會兒，阿土就習慣了黑暗，他看見洞內有好多條叉路，正猶豫著，不知哪條路通向客廳、哪條路通臥房。

忽然，眼前一亮，一隻頸子上有一圈白毛的小花鼠出現了。阿土覺得小花鼠美麗得不得了，尤其頸上的白毛像戴了一圈珍珠項鍊似的，真好看。阿土一時結結巴巴連話也說不清楚：

「我……我叫阿土，心裡有好多問題想問……」

小花鼠笑了笑，對阿土說：「我叫小花，請跟我來。」

阿土跟著小花往裡頭走，他們這個地洞比阿土的家複雜很多，要先經過堆乾草的地方，再經過存放果子的房間，彎彎曲曲最後才到客廳。

在那兒，阿土
看見一隻很老
很老的白鼠。
小花對老白鼠說：
「爺爺，他叫
阿土，來上學的。」
阿土仔細一瞧，
原來老白鼠是個
瞎子。瞎子能當
元老嗎？阿土
心中起了疑惑，
失望的問：
「您就是元老嗎？」

元老也不回答，反而問阿土：「照道理，春天快要來的時候，蚯蚓會先通風報信的。怎麼今年你比蚯蚓還起得早呢？」

阿土說：「因為有一個戴高帽子的人把我從地洞裡拎出去，我被凍醒了。」

「喔，那個人有沒有預測冬天還要多久春天才會來呢？」元老問。

這時阿土不禁對老白鼠肅然起敬了：「他好像說過還有六星期吧！這重要嗎？」

元老說：「人其實比我們笨，他們原來不會上樹、不會打洞、不會潛水、不會飛。可是，他們喜歡思考，喜歡探索奇奇怪怪的問題，所以後來就超越了我們。」

阿土仍然不能理解：「但是，春天關我什麼事？我就是為了想明白其中的道理才老遠的跑來請教您的。」

元老笑了起來：「那不過是一個古老的習俗而已。人們喜歡把第一隻冬眠醒來的土撥鼠放到雪地上，用他在雪地上被陽光照出來的影子長度來推算冬天還有多久才會過去。」

阿土說：「他們真算得準嗎？」

元老說：「那我就不知道了。可能太陽的方位在冬天和春天都有一定的算法吧。像二月為什麼是個矮子，也是我一直好奇想知道的。也許你一直想一直想，有一天你會想出答案來的。」

阿土說：「您真不愧是我們的元老。我從小就很崇拜您呢。有一次媽媽要我來找您，但我差一點被老鷹吃掉，嚇得又跑回去了。如果那時候勇敢一點，能早點見到您，該有多好！」

元老說：「沒有鼠類是生來勇敢的啊。要不，我們的祖先怎會躲到地洞裡來住呢？」

阿土和小花都忍不住笑了。

其實元老小的時候，因為吃了田裡撒過農藥的東西，結果皮毛的顏色漸漸變白，大家以為他有傳染病，見了他就躲。直到有一年乾旱，全族的土撥鼠都快餓死了。族長於是召開大會：「我們這個農莊是待不下去了，聽說幾十里外有個城市，那裡很多人家養貓。有貓食的地方，我們就不會餓死。誰敢為我們大家先去探路？」

等了很久，都沒有人說：我敢。這時候站得老遠的元老忍不住大聲的問：「我去，行嗎？」

從此，大家對他刮目相看。城裡回來後，每當有人問起他勇敢的祕訣是什麼的時候，他總是這樣回答：「沒有祕訣啊，只不過是為了要救大家，忘記了自己，就變勇敢了。」

接著，元老嘆了口氣：「我年紀大了，已經沒有精力出去外面看看了。如果你想學，就留在我這兒吧。等春天來了，我會把我知道的統統教給你。」

阿土高興得說不出話來：「元老，真的……我？」

元老慈祥的說：「我想你是一隻愛思想的土撥鼠。不是嗎？」

阿土點了點頭，挨到元老的身邊，在小花為他鋪上乾草的地方躺下，阿土忽然想到：「春天從二月那裡借用了幾天，難道是為了早點趕來催我們起床？」

春天是阿土思想的開始，阿土覺得好快樂。

夢裡，阿土聽見不知道是媽媽還是小花對他說：「阿土，你是一隻好學的土撥鼠，好學就是一把通往幸福之門的鑰匙啊！」

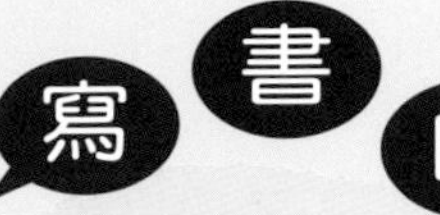

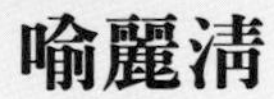

喻麗清

喻麗清，1945年生，祖籍浙江杭州，臺灣長大。臺北醫學大學畢業，曾任耕莘文教院寫作班總幹事，七十年代留學美國，曾在紐約州立大學教授中文，後旅居加州柏克萊市，並任職加州大學脊椎動物學博物館。

著有詩集、散文集、小說集和兒童文學三十多部。作品經常被選入各種選集。曾獲新聞局優良著作金鼎獎、中國文藝獎章、行政院文建會「好書大家讀」年度最佳少年兒童讀物獎、行政院新聞局第四、五屆人文類小太陽獎等。

吳佩蓁

1973年出生於臺北，1991年畢業於復興商工美工科，現為專職插畫家。作品散見於兒童刊物、月刊、報紙、書籍、雜誌和教科書等。目前從事兒童圖畫書的創作，也是「繪本 FUN 團」的一員，有過兩次聯展和三次個展。繪有《九重葛笑了》。

她認為畫畫是實現夢想的途徑，是開啟奇妙世界的寶貴鑰匙。而沾上顏料的畫筆就像權杖，只要運用想像力，就能構築出屬於自己的獨一無二的世界。

兒童文學叢書

童話小天地

榮獲新聞局第五屆圖畫故事類「小太陽獎」暨
第十八次中小學生優良課外讀物推介
文建會2000年「好書大家讀」活動推薦

丁伶郎　奇奇的磁鐵鞋　九重葛笑了
智慧市的糊塗市民　屋頂上的祕密　石頭不見了
奇妙的紫貝殼　銀毛與斑斑　小黑兔　大野狼阿公
大海的呼喚　土撥鼠的春天　「灰姑娘」鞋店
無賴變王子　愛咪與愛米麗　細胞歷險記

童話的迷人，
正是在那可以幻想也可以真實的無限空間，
從閱讀中也為心靈加上了翅膀，可以海闊天空遨遊。
這一套童話的作者不僅對兒童文學學有專精，
更關心下一代的教育，
出版與寫作的共同理想都是為了孩子，
希望能讓孩子們在愉快中學習，
在自由自在中發展出內在的潛力。
——簡宛（名作家暨「兒童文學叢書」主編）

文學家是人類心靈的導師，
他們的一生都充滿傳奇；而每一個傳奇，
也都不只是一個故事、一個比喻；
而每一個故事、每一個比喻，
也都不只是一個哲理……。

——林煥彰（名詩人暨兒童文學作家）

以兒童文學的創作方式介紹十位著名西洋文學家，不僅以生動活潑的文筆和用心精製的編輯、繪畫引導兒童進入文學家的生命，而且啟發孩子們欣賞和創造的泉源。

——「小太陽獎」得獎評語

兒童文學叢書

小詩人系列

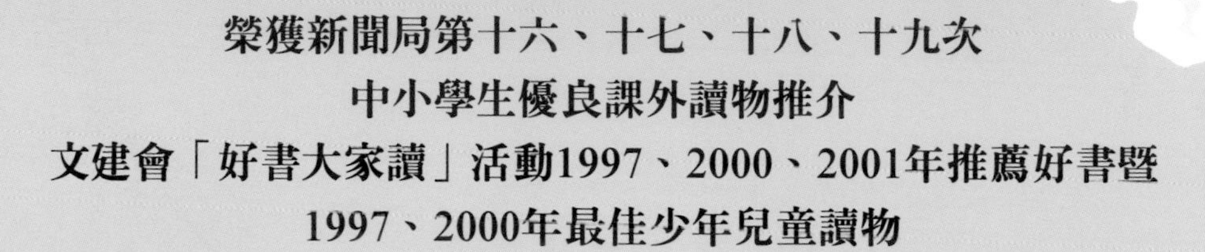

榮獲新聞局第十六、十七、十八、十九次
中小學生優良課外讀物推介
文建會「好書大家讀」活動1997、2000、2001年推薦好書暨
1997、2000年最佳少年兒童讀物

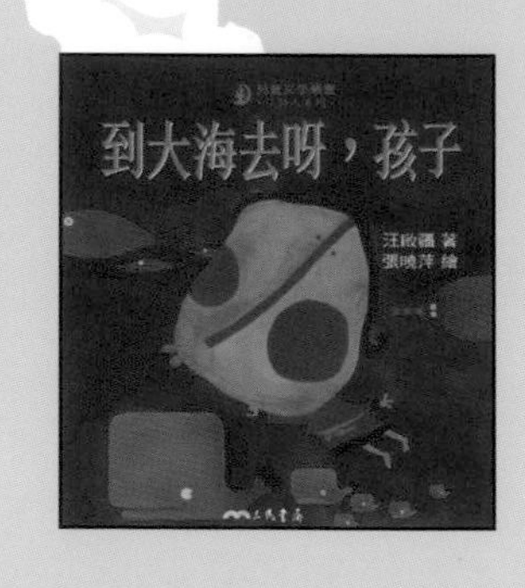

三民書局的「小詩人系列」自發行以來，

本本皆可稱「色藝雙全」，

在現今的兒童詩集出版品中，

無疑是相當亮麗的一片好風景。

——**林文寶**（國立臺東師院兒童文學研究所所長）